AF167915

Lila Provenzano

L'Italiano

© 2024 Lila Provenzano
Édition : BoD · Books on Demand,
31 avenue Saint-Rémy, 57600 Forbach,
bod@bod.fr
Impression : Libri Plureos GmbH,
Friedensallee 273, 22763 Hamburg
(Allemagne)
ISBN : 978-2-3225-5390-7
Dépôt légal : Décembre 2024

« Ouvre-moi, ouvre-moi la porte

Io non ne posso proprio più

Se ci sei, aprimi la porta… »[1]

L'italien, Serge Reggiani

---

[1] « Ouvre-moi, ouvre-moi la porte, je n'en peux vraiment plus, si tu es là, ouvre-moi la porte … », Jean-Loup Dabadie/Jacques Dantin

« Hoping for the best but expecting the worst

Are you gonna drop the bomb or not ?

I want to be forever young

So many dreams swinging out of the blue[2] »

Forever young, Alphaville

---

[2] « Espérer le meilleur, mais s'attendre au pire, tu vas larguer la bombe ou pas ? Je veux être toujours jeune. Tant de rêves surgissent à l'improviste »

Elle n'a pas de cœur, pas de corps.

Ce n'est qu'une mémoire avec des airs de long-métrage où défile une multitude d'histoires, de visages, de cris, de rires, de larmes et d'étreintes.

Onze mille aubes, onze mille crépuscules que tu n'as pas encore vécus.

Moi si.

Elle est là, allongée entre nous sous les draps. Elle s'endort quand descend la nuit, quand nos corps se mélangent. Mais au matin, elle écarte ses bras et me repousse hors du lit.

C'est une bête énorme. Invincible.

Elle s'appelle Génération.

« Ho sbagliato tante volte ormai che lo so già

Che oggi quasi certamente

Sto sbagliando su di te

Ma una volta in più che cosa puo' cambiare ?

Nella vita mia

Accettare questo strano appuntamento

E' stata una pazzia »

L'Appuntamento, Ornella Vanoni[3]

---

[3] « Je me suis trompée si souvent que je le sais déjà, aujourd'hui c'est presque certain, je me trompe aussi à ton sujet, mais une fois de plus qu'est-ce que ça peut changer dans ma vie ? Accepter cet étrange rendez-vous, c'était une folie. »

1

Si je ne t'avais pas rencontré le jour même dans un contexte tout à fait sérieux et officiel, je n'aurais jamais répondu à ton premier message.

Je me souviens avoir éclaté de rire. La notification Instagram sur mon téléphone portable s'inscrivait sous le nom d'un boss mafieux et la photo empruntait tous les codes de ces séductions grossières dont usent les gamins des bidons villes de Côte d'Ivoire pour séduire les occidentales en mal d'amour.

Bellâtre en costume blanc, barbe impeccable et muscles saillants sous la chemise, peau lisse et dorée, le visage à demi caché par la posture d'un selfie désinvolte.

Une tête de photo volée !

Pourtant c'était bien toi, je t'ai reconnu. Même dégaine d'Apollon sûr de son charme, même beauté désabusée.

Alors, je t'ai répondu. Comme si la demi-heure que nous avions passée ensemble dans la salle d'examen pouvait me protéger de toute manigance…

Je t'ai dit : « On dirait un faux profil ! » Tu m'as répondu que je n'étais pas la première à te le faire remarquer. Je me suis demandé pour quoi d'autre encore je n'étais pas la première. Pas la première à te répondre quand même, malgré le doute, malgré la méfiance ? Pas la première femme de mon âge que tu harponnais de cette façon ? Pas la première à te céder ?

Je t'ai trouvé effronté, mais je ne pouvais pas m'empêcher d'être flattée. Au fond, peu m'importait le motif de ton choix. Il s'était porté sur moi et je le vivais comme une victoire inattendue dans un défi que je n'aurais jamais osé tenter. Je n'avais ni ton audace ni ton insouciance.

Et même s'il ne s'agissait que d'une tentative d'arnaque -car j'avais une conscience sourde du fait qu'il ne pouvait s'agir d'autre chose que de cela- j'éprouvais une sorte d'excitation à être choisie pour proie.

Être choisie. Par toi. Ta proie.

J'ai décidé presque immédiatement de jouer le jeu.

Puisque j'étais capable de te démasquer dès la première tentative, je ne pouvais pas perdre. Je serai forcément plus maline que toi.

Après tout, tu n'étais qu'un enfant pour moi.

Nous échangerions peut-être quelques messages fantasques et fougueux. Je te mènerai un peu en bateau en te laissant croire que tu étais capitaine et les choses en resteraient là, au milieu du guet, au milieu de ces trente ans qui ne pouvaient rien faire de mieux que de nous séparer. J'étais convaincue que ce serait ma sécurité, un gilet de sauvetage gonflé de toute mon expérience, toute ma maturité. Aucun risque d'immersion totale.

Première flatterie : tu m'as dit que tu pensais que j'avais quarante-deux ans (l'âge de ta mère soit dit en passant). J'en avais dix de plus.

On m'a toujours donné moins que mon âge. Adolescente cela m'agaçait, on me prenait pour une gamine et je m'en défendais. Je devais revendiquer mon âge comme une garantie : « J'ai vingt ans pas quatorze ! » Même quand je suis devenue mère, j'ai gardé des allures d'étudiante. On m'a souvent pensé élève quand j'étais déjà professeur.

Alors, que tu te trompes sur moi, à dix ans près, cela pouvait s'entendre et pour la première fois je n'avais pas envie de nier.

Tu as menti quand tu m'as annoncé que tu en avais vingt-trois. Tu t'es vieilli d'un an. Comme si cette supercherie pouvait peser dans la balance ! Moi je t'en aurais donné dix de plus si l'examen pour lequel tu t'étais présenté quelques heures auparavant ne te plaçait pas d'emblée dans la petite vingtaine. Mais sans doute voulais-je déjà tout ignorer puisque je ne t'avais demandé ni ta convocation, ni ta pièce d'identité comme j'étais censée le faire et comme je le faisais chaque fois.

Mais pas cette fois.

Premier acte manqué, premier déni, première entorse aux règles.

Tout a donc commencé dans un dédale du temps où plus rien n'était à sa place, comme si cela n'avait pas d'importance.

Je me croyais forte et maître du jeu par ce droit d'aînesse dont j'essayais de me convaincre qu'il était un privilège et non une faiblesse. J'acceptais la partie, sûre de mes armes.

Dès le premier message, tu m'as tutoyée comme pour abolir la frontière du temps. Tu as imposé d'emblée cette familiarité, cette proximité que j'ai trouvée presque insolente.

 Ce « tu » c'était comme si déjà tu osais m'effleurer de la main.

Je t'ai tutoyé en retour comme on tutoie un sale gosse. C'était ma façon de venir frôler la gueule du loup comme un frisson d'enfance dans une conscience adulte qui se délecte de pouvoir éprouver cela, encore une fois. Juste une fois.

Peut-être même, une dernière fois.

Sûr de toi mais, immensément fragile.

Malgré tes allures de cowboy et ton visage de dieu grec, tes remparts semblaient tapissés de planches disjointes et j'apercevais à travers tes fissures une âme de velours en lambeaux. De tes failles jusqu'aux miennes filtrait une étrange lumière qui nous a sans doute éclairés l'un à l'autre.

Il faisait sombre dans le couloir du centre d'examen où je suis venue faire l'appel des candidats pour la demi-journée.

Vous étiez cinq. Je n'ai vu que toi. À cause de cette lumière-là.

Je n'ai rien décrypté à cet instant précis. C'est plus tard que j'ai compris que notre connexion avait eu lieu dès la première seconde.

Je ne crois pas à la seule puissance de ta beauté juvénile, la ligne parfaite de ton nez, de tes tempes, la lisière de ta barbe brune sur ta mâchoire carrée, l'ourlet tendre de tes lèvres, ta carrure solide, cette démarche souple qui semble ignorer les contraintes de l'espace et qui donne l'impression que c'est le monde entier qui tourne autour de toi.

Non.

D'ailleurs je n'ai même pas pensé immédiatement à te trouver beau. C'est venu après.

C'est ta différence que j'ai remarquée. J'étais intriguée par ce qu'il y avait de déjà vieux en toi, de déjà usé, abîmé au fond de ton regard sans âge. C'est dans tes yeux noirs qu'ont cédées tout d'abord mes barrières du temps.

J'ai même perdu le décompte du format de l'interrogation. Notre entretien n'en finissait plus et il prenait des allures de confidences. Je t'ai presque poussé hors de la salle. Tu sortais à reculons en me réclamant un numéro de téléphone, un moyen de me contacter pour après, juste pour prendre un café, juste pour ne pas en rester là. J'ai fini par t'écrire le nom de mon profil Instagram sur un bout de papier.

Le poisson était ferré.

J'étais convaincue qu'il y aurait une suite. Je l'espérais même. Je n'avais aucune idée du genre de suite…

Si je l'avais su, aurais-je franchi le pas ?

Chemise et pantalon à pinces, tu voulais en imposer, dire que tu étais un homme. Un vrai. Un Italien même ! Tu faisais illusion, je t'assure. Au point que je m'y suis trompée, que je m'y suis perdue.

Tu as quitté la salle avec ton butin et tu m'as laissée avec un premier désir grouillant au fond du ventre : trouver ton message dans quelques heures.

J'ai attendu d'être sur le parking, dans ma voiture, recluse dans une intimité feutrée, pour savoir si tu étais là. La notification est tombée comme une bonne blague emballée dans un papier cadeau : le boss mafieux et le « tu ».

3

Ensuite, il a fallu savoir quelle cadence donner à ton intrusion dans ma vie. Retarder le moment de dire non, stop, rien de plus.

J'ai joué l'effarouchée, l'adulte, la fidèle, la femme comblée qui n'a pas besoin de ça et qui ne peut qu'en rire.

J'ai tenté de me convaincre moi-même que je n'étais pas intéressée, que nous n'avions rien en commun, rien à nous dire, rien à partager. C'était ma façon de ne pas donner suite. Et pourtant je continuais à répondre à chacun de tes messages. Tu insistais. Je ne t'accordais pas le loisir de renoncer. Tu as ouvert la porte, mais j'ai laissé un pied dans l'entrebâillement pour qu'elle ne se referme pas trop vite. Je voulais faire durer ce petit plaisir. La phase où tu étais capable de dire n'importe quoi, des bêtises insensées…

Tu m'envoyais des vidéos de la côte amalfitaine et tu me disais que nous serions beaux tous les deux là-bas ! Tu me transférais les paroles de pseudo-sages des réseaux sociaux qui affirment que la vie vaut toutes les audaces, qu'il n'y a jamais rien à regretter et carpe diem !

Et tu imaginais que je pouvais y croire…

Je n'y croyais pas. Je m'amusais de ton impertinence.

Pourtant, tu as induit des images, des pensées.

Ta stratégie était peut-être bien rodée. Cela ressemblait à un scénario maladroit de séducteur en herbe. Même si tu improvisais, tu visais juste et cette possibilité laissait entrevoir une intelligence intuitive qui ne s'est jamais démentie et que j'ai reconnue à chacune de nos rencontres et tout au long de nos interminables échanges électroniques.

Je luttais. Tout cela n'était qu'une farce, rien de bien méchant. Trop fou, trop absurde pour qu'en naisse quelque chose de vrai, de palpitant, de dangereux.

Mais, je me prenais à rêver quand même à des *pourquoi pas*.

Moi, là-bas, sur la côte amalfitaine, en décapotable, dans un hôtel de luxe, sur une plage, avec toi. Je te remerciais en secret de me procurer du rêve, d'activer mes fantasmes, de réveiller ma jeunesse.

J'avais plusieurs atouts pour te résister dont un véritable amour que je vivais sans faille depuis plus de dix ans et pour lequel j'avais sacrifié un mariage, une vie de famille paisible et, une semaine sur deux, la tendresse de mes enfants. Pas question de renoncer à cette fidélité, à ce bonheur. Je me réveillais chaque matin heureuse de ma chance de vivre cet amour-là ! Je m'endormais chaque soir dans la chaleur d'un homme que j'aimais, sûre de la force de nos étreintes, fière de son regard sur moi. Le seul homme avec qui je pouvais vieillir en paix le temps qui me restait à vivre.

Parce que le temps était compté.

4

C'est quand tout semble lisse et parfait que le destin envoie le grain de sable qui vient gripper les rouages d'une mécanique infaillible.

Mon grain de sable, celui qui s'était logé dans ma tête, avait un nom fatal et se mesurait en résonnance magnétique nucléaire par des hommes et femmes surdiplômés en blouses blanches dans des couloirs désinfectés.

Pour être délicats, dans ce genre de circonstances, ils se font jardiniers et parlent avec des noms de fruits. Ce grain de sable, c'était une noisette, moins grave qu'une noix. D'autres enduraient bien des mandarines, des oranges ! Évidemment si l'on en arrivait au pamplemousse il n'y aurait plus d'espoir... Adieu jardin d'Eden.

Alors, autant croquer la pomme douce et juteuse qui se présente comme une excuse, comme une chance !

Tu étais mon occasion d'oublier la noisette qui poussait dans ma tête et avait activé le morbide compte à rebours. Tu faisais diversion. S'il était l'heure de souffrir, pourquoi ne pas souffrir par toi ?

Ultime liberté : le choix du poison. Quand la mort annonce la fin du bal, on ne refuse pas une dernière danse.

Tu t'es offert à moi au moment où je pensais ne plus vivre que des dernières fois. Puisque je n'aurais pas le temps de vieillir, je méritais bien une nouvelle ration de jeunesse.

Alors moins d'une semaine après ton premier message, j'ai cédé à ton insistance à vouloir nous revoir. C'est moi qui t'ai donné rendez-vous. Tu n'étais pas très disponible ce jour-là, mais tu as dit oui quand même, peut-être pour ne pas rater l'occasion qui risquait de ne pas se représenter. C'est moi qui suis venue jusqu'à toi. Et je t'ai attendu, presque toute une après-midi comme une adolescente qui espère un premier baiser. J'ai fait les cent pas devant les grilles de l'établissement où tu passais la dernière épreuve de ton examen. La plus longue, la plus difficile, celle pour laquelle je ne pouvais rien. Moi, quelques jours auparavant, j'avais inscrit un 20 sur 20 au bas du bordereau de notre rencontre. Et j'avais signé cette attestation d'instant parfait où figuraient nos deux noms liés sur le papier.

Désormais, tu étais face à un autre jury. Saurais-tu le séduire comme tu l'avais fait avec moi ? J'attendais la fin de ton examen sur un trottoir et je croisais les doigts. J'avais déjà peur pour toi. Je ne savais pas que ce que j'éprouvais ce jour-là se répéterait comme un refrain dont on ne peut plus se défaire et qui martèle la tête, empêche de penser, de raisonner, de fuir : vivre dans ton absence, t'attendre, avoir peur pour toi, craindre et espérer quelque chose et ne pas savoir quoi…

Quelques heures d'errance coupable autour de la sortie des candidats et puis c'est arrivé :

Moi, assise dans ta voiture, enfin celle de ta mère.

Tu as poussé à la va-vite, les reliefs d'un repas dans un carton de fast food, une bouteille d'eau entamée qui prenait le soleil, tu m'as fait un peu de place dans ton intimité. Tu avais peu de temps, comme toutes les fois où l'on s'est vu. Un chronométrage serré. Je me concentrais pour ne rien manquer de l'instant accordé. Tu as fait de ta présence, une urgence, une rareté. J'ai fait semblant de croire que cela m'arrangeait.

Ce jour-là, nous devions régler le problème : que faire de ce désir ? Il fallait décider très vite puis rendre la voiture à ta mère.

Je t'ai énoncé la liste de mes réticences au lieu de fuir. Je t'ai expliqué pourquoi rien n'était possible et plus je détaillais mes raisons plus je sentais que tout mon corps te réclamait. Je redoutais ta main qui venait frôler la mienne, mais je restais là, les pieds dans le fast food, les yeux rivés sur tes doigts qui pianotaient sur le frein à main, poursuivaient leur course en se faufilant jusqu'à moi.

Ni toi ni moi n'avons freiné à temps.

Tu as lancé ton regard noir dans le rétroviseur, tu as fixé une mèche de tes cheveux et dans cette voiture immobile au fond d'un parking discret nous avons foncé ensemble sur la piste d'un circuit irréel, sûrs d'aller au crash. Je te laissais me caresser la main. Je voulais être forte, être capable de décider, prendre les rênes.

Alors, comme si le fait d'exiger un geste de ta part me rendait moins faible, je t'ai demandé un baiser et tu me l'as donné.

Crash.

Croire à tout prix que cela n'était qu'une supercherie, c'était comme enfiler un harnais de sécurité avant de se jeter dans le vide. Tout était faux, surjoué donc inoffensif. Au pire j'y perdrais quoi ? Un peu de ma bonne conscience ? Quelques centaines d'euros de caprices ?

La perfection de tes traits, la douceur de ta peau, l'excitation d'y goûter… ça les valait !

J'attendais que tu me réclames quelque chose en échange Que pouvais-tu attendre d'une femme comme moi, même pas parmi les plus belles de sa génération ? Un peu trop ronde, les yeux cernés par des chagrins, la peau moins ferme, les seins trop lourds… et cette peur vissée au fond du ventre, l'œil sur l'horloge : quand sonnerait l'heure ? Le compte à rebours enclenché me précipitait vers la fin quand tu n'étais qu'au commencement de toute chose. Nous ne faisions que nous croiser dans nos destinations contraires.

L'important serait de faire durer l'instant.

5

Battre le fer tant qu'il est chaud.

Le jour même tu voulais vivre la suite.

On ne se quittait qu'un instant, juste le temps pour toi de rapporter la voiture à ta mère comme tu venais de le lui promettre au téléphone, la bouche encore mouillée du baiser d'une femme plus vieille qu'elle.

C'est à cela que j'ai pensé.

On devait se retrouver, à pied, dans ma voiture n'importe où, tout ferait l'affaire. Une adresse un rond-point. Il me semblait que tu me faisais jouer à une chasse au trésor dans la ville. Le trésor, c'était toi.

— Rendez-vous au rond-point !

Et je n'en ai plus fini de tourner, prisonnière de ce désir. Nous ne nous sommes pas croisés à un carrefour de nos vies, c'était un rond-point ! Le même où je t'ai attendu souvent, ou je t'espère encore. Je continue d'en avoir le tournis, j'y ai perdu la tête.

Je stationnais, j'attendais, puis je te rejoignais.

— Viens chez moi !

Tu as dit ça : « Viens chez moi ! »

— Quoi ? Maintenant ? Si vite ? Chez toi ?

Un autre parking, des voisins qui promenaient des chiens, un jeune qui me regardait passer, l'air curieux. Je n'étais pas du quartier. Était-ce déjà inscrit sur mon visage qu'une heure plus tôt j'avais embrassé un garçon de trente ans plus jeune que moi, dans une voiture ? Que j'allais le rejoindre, peut-être même dans sa chambre ?

Le jeune adossé à un piquet, j'ai soupçonné qu'il puisse s'agir de ton plus jeune frère que tu aurais chassé de l'appartement le temps d'un rendez-vous galant.

Ma honte ne m'a pas empêchée de sonner à l'interphone, de prendre l'ascenseur, entrer dans ton intimité. Le séjour d'abord, une table, des chaises, un canapé, une télé. Ça ne ressemblait pas à mes souvenirs d'appartements d'étudiants. C'était propre, bien rangé. Une maman était passée par là, avait fait la vaisselle, essuyé la table, passé l'aspirateur.

Nous étions gênés tous les deux. Moi je me sentais encombré par mon âge, mes kilos, mes rides. Toi tu ne savais peut-être pas très bien quoi faire de ce poisson dans ta nacelle. Tu arpentais la pièce de long en large. Tu m'as dit que tu marchais parce que tu étais nerveux. Nous étions nerveux tous les deux, excités, hésitants.

Tu as proposé de me porter ! Ça m'a fait rire.

Me porter ?

Pour me montrer que tu étais fort, que tu étais un homme ? Soupeser le poids de ta conquête ou te rassurer sur ton aptitude à lever une femme comme moi ?

Je t'ai laissé me porter. C'était étrange, un peu fou. C'était comme s'il était possible encore, pour moi, de vivre une première fois.

Un chevalier ravissant une princesse. Tu m'as portée jusqu'à ta chambre.

Tout de suite après, nous roulions sur ton lit défait. Du linge par terre, les volets à demi clos. Je craignais que d'un instant à l'autre la porte d'entrée de l'appartement s'ouvre brutalement et qu'on nous surprenne en train de chahuter, tes mains sous mon tee-shirt, partout sur mon corps tendu de désir.

Tu voulais faire l'amour, très vite.

Juste une fenêtre de tir avant le retour de ta mère.

Tu étais gourmand, impatient, capricieux. Je retenais tes doigts curieux sur ma peau, sous la dentelle. Tu voulais tout forcer, tout posséder. J'aimais ton envie, ta fougue.

Tu me plongeais trente ans en arrière, quand la jeunesse se croit tout permis et que les fleurs ne sont faites que pour être cueillies.

Dans ces moments-là, puisqu'il y en eut d'autres, tu n'avais plus rien d'un adolescent. Il ne restait que ta ferveur, tes gestes précis et déterminés, ta virilité toute méditerranéenne. Dans ces moments-là, tu étais vraiment italien !

Tu me plaisais à me damner, avec ton torse gonflé, tes bras puissants, tes épaules robustes, ta bouche tendre et ta peau de miel. Je t'ai demandé de me parler dans ta langue maternelle.

-In italiano, per favore !

Ce fut notre langue de communication privilégiée, comme un code secret entre nous.

L'italiano.

Tu quémandais, en italien, comme un enfant. Je te donnais des parcelles de mon corps au compte-gouttes juste assez pour t'attiser, mais trop peu pour te satisfaire. Je te voulais moi aussi, mais pas comme ça, pas n'importe comment. Je ne pouvais pas sacrifier l'estime que j'avais de moi-même, mes dix ans de fidélité à l'homme qui partageait ma vie, pour un *p'tit coup* à la va-vite, bâclé comme une formalité à l'heure du goûter et potentiellement interrompu par des clés dans une serrure et l'irruption de ta mère sidérée, deux cabas chargés au bout de ses bras désarmés.

Je crois que c'est la seule fois où je t'ai trouvé véritablement insouciant, offert, joyeux. J'ai caressé ton corps nu, goûté ta peau.

Le meilleur moment est-il toujours l'instant d'avant ?

Je me suis souvent demandé si tu m'avais possédée entièrement ce jour-là, nous serions nous revus ? Avais-tu l'intention de me revoir ? À quel jeu jouais-tu ? Une chasse, un pari ?

Pari perdu, ce soir-là. J'ai senti ton dépit, ton insatisfaction au moment où tu te rhabillais, rangeant ton sexe bandé dans un short de sport, enfilant une paire de claquettes et filant à la salle de musculation sans doute pour dépenser toute cette force contenue, défouler tes désirs brimés.

J'ai embrassé tes lèvres dans la pénombre du couloir de l'immeuble, juste avant de sortir au grand jour, de reprendre ma place de femme honnête dans la ville.

Un baiser en cachette, comme une excuse, comme une promesse.

Le soir même a commencé ce qui ne m'a plus jamais quitté : l'obsession.

L'obsession de mon désir pour toi.

6

Je m'étais imaginé avoir allumé quelque chose en toi, avoir fait grandir l'envie en ne te donnant pas entière satisfaction. Je croyais que tu me désirerais avec encore plus d'ardeur pour une autre rencontre. J'avais volontairement laissé les choses en suspens.

Tu avais bataillé sur le lit pour accéder plus intimement à mon corps en minimisant nos actes. Tu avais réclamé comme un caprice :

« Allez, juste des préliminaires… ».

J'avais saisi tous les prétextes pour ne pas conclure dès la première approche. Ce n'était pas pour feindre la vertu, pas pour me préserver, pas pour esquiver. J'avais envie de toi à me damner, à te dévorer…

Non, je voulais juste qu'il y ait une autre fois.

Pour moi, ces étreintes, mes caresses trop appuyées, mes baisers trop mouillés, mes mains, ma bouche sur ton corps offert n'étaient que la promesse d'un après.

Et soudain le vide s'est installé.

J'ai pensé que tu voulais te venger pour ce que je t'avais refusé. J'ai contrôlé mes messages toute la soirée, tu n'étais plus là. Tu ne réclamais plus rien.

J'ai vécu ce délaissement comme une insulte, comme un dédain.

J'ai voulu te punir d'avoir joué avec moi. Je me suis drapée dans mon arrogance alors que je n'étais qu'une pauvre bête blessée.

J'ai pris les devants, il fallait te gifler la première. Te faire la leçon puisque tu n'étais qu'un mauvais garçon.

Quoi ? Tu ne me disais pas que tu avais aimé cet instant dans mes bras ? Quoi ? Cette déflagration pour moi qui continuait de résonner, qui prenait toute la place, c'était déjà plié pour toi parmi les autres péripéties de ta journée ? Tu n'en redemandais pas ?

J'allais t'apprendre, moi, qu'on ne se comporte pas comme ça avec une dame ! Je me hissais sur la pointe des pieds, au sommet de mon podium du temps, médaille d'or de l'expérience et de la longévité, écharpe de vanité.

J'ai réduit l'intensité de ce que je venais de vivre à un simulacre d'aumône. Oui, je t'avais accordé un peu de ma chair, mais tu devais comprendre que ce tu avais à m'offrir ne me suffirait jamais ! Voilà ce que j'ai fini par te dire, par te cracher sur l'écran muet de la messagerie où tu t'obstinais à ne pas répondre. Je pensais ainsi racheter ma dignité.

J'ai clamé que je n'étais pas de ces gamines de ton âge qui se contentent d'une banquette arrière, que j'avais mes exigences, mes prétentions. Et que pour m'avoir il te faudrait de bien plus grands mérites que ce que tu laissais entrevoir.

Alors que je crevais d'envie d'être à toi.

J'ai pensé qu'on en resterait là. Que grâce à ce faux pas je m'en sortirais malgré moi.

Tout piétiner tout de suite pour ne rien regretter.

7

Et comme un Jupiter furieux, maître des cieux, tu as lancé ta foudre.

Mon caprice avait réveillé le fauve. Après les caresses vinrent tes coups de griffes.

Ces réactions violentes comme des lames acérées, déclenchées au cran d'arrêt, tu les as brandies après chacune de nos étreintes. Car oui, des étreintes il y en eut d'autres et des colères aussi…

J'ai toujours été désorientée par le contraste étonnant de ton extrême douceur, ta grâce, ta beauté, tes pudeurs tes silences et le déferlement de ta colère, le gouffre de tes détresses.

Ton ambivalence bouleversait tous mes repères. Il y avait celui que tu étais et le rôle que tu voulais jouer.

Tu sais bien jouer crois moi, tu ne crains pas de te faire haïr sur un malentendu.

J'aurais pu redouter ta morsure de chien enragé si tu n'avais pas gagné à l'avance toutes mes indulgences. Je t'ai toujours tout pardonné et tout cédé parce que dès le début j'ai cru en toi comme on croit aux anges, ou au diable.

Tu es impressionnant de talent quand tu revêts ton armure froide et brutale, quand tu me relègues au rang de petite fille fautive. C'est peut-être là que réside le plus mystérieux de tes pouvoirs sur moi : cette capacité à me propulser dans un passé, dans une jeunesse que je croyais définitivement effacée.

Même tes colères me rajeunissaient.

Je le sais désormais, ta rage n'est jamais définitive. À chaque mouvement d'humeur, tu m'as privée d'un privilège. Tu m'as punie cent fois, mais tu n'as jamais vraiment claqué la porte.

8

Finir ce qu'on avait commencé. Comme pour s'en débarrasser une fois pour toutes. C'est comme cela qu'on envisageait les choses. Une fois rassasiés nous n'en parlerions plus ! C'était si simple.

J'ai fait semblant de douter encore.

Tu t'es mis à douter vraiment :

— Je ne veux pas briser une famille.

Tes scrupules m'ont fait redoubler d'envie. Si je m'offrais à quelqu'un de bien, ma faute m'apparaissait moins grave. Tu étais prêt à renoncer par devoir moral et cela me donnait confiance, me précipitait dans tes bras.

Je t'ai convaincu que franchir le pas serait un moindre mal. Si tu me laissais sur ma faim, tu n'en finirais jamais de me hanter.

Tu m'as nourri, et pourtant mon appétit pour toi ne s'est jamais affaibli.

Après quelques pas d'une danse qui dit oui qui dit non, il y eut cette chambre d'hôtel d'un quartier périphérique. Notre curiosité, notre envie de désobéir était plus fortes que nos colères, nos offenses ou nos mépris.

Tu étais beau dans la pénombre, beau et fragile comme une ombre. À chaque fois que tu as ôté tes vêtements devant moi, que tu m'as offert ta nudité, il m'a semblé que tu te dépouillais d'autre chose encore, de tes armes, de ton armure, de tes faux-semblants. Tu te livrais tout entier, car tu ne sais pas faire les choses à moitié. Tu donnes tout ou tu ne donnes rien. Dans ces courts instants ficelés dans un temps très réduit, très contraint, très compté, tu m'as donné quelque chose de toi, tu t'es laissé caresser, embrasser, je t'ai possédé autant que tu m'as possédée. Tu t'es laissé aller à avouer quelques secrets, tu m'as montré ta force en même temps que tes blessures. Planquée sous ton corps parfait, j'ai vu ton âme déchirée.

Je me souviens avoir caressé longuement ton visage, embrassé tes paupières. Tu gardais les yeux clos sur ta tempête, tu flottais un instant sur ce radeau de tendresse qui ne te sauverait pas du naufrage, mais qui t'offrait un répit, juste un instant, sous mes mains.

Puis tu t'es rhabillé de tes tourments et tu es parti.

Je suis restée dans cette chambre, allongée à côté du souvenir de ton désespoir encore diffus dans l'air et j'ai pleuré.

Il m'a semblé que ce qui nous précipitait l'un contre l'autre, l'un dans l'autre comme un accident, c'était la force de nos contraires. Ma lumière au moment où s'annonçait la nuit, ton obscurité à l'heure d'allumer des lendemains.

Et comme chaque fois, comme si tu regrettais de t'être livré, comme si tu voulais purger le plaisir ressenti, tu as renié ce moment. Tu as dit d'accord pour le sexe, mais tu as clamé haut et fort ton déni de tendresse. Tu envisageais une suite, mais sans baisers et sans caresses sur le visage comme celles que je t'avais données et que tu imaginais peut-être capables de voler ton âme, ou ton cœur.

Si j'ai cru possible un moment que tu abuses de moi, j'ai réalisé après chacun de nos moments intimes que c'était surtout toi qui craignais quelque chose. Quand je redoutais un péril matériel, toi tu luttais contre une mise en danger sentimentale.

Surtout : ne pas m'aimer !

Moi je ne pouvais même pas envisager que cela pût être une option pour toi. À ton âge on s'amuse, voilà tout.

Ce que moi, j'étais capable d'éprouver, cela ne comptait pas. À mon âge on est capable de se dompter, non ?

Non.

Je ne l'étais pas.

Je me suis accordé le droit d'éprouver d'abord de la tendresse, ensuite de l'affection, plus tard on verrait bien... Il suffirait de ne pas le dire pour que cela n'existe pas.

On s'est revu quelques fois entre reproches mutuels et sollicitations brutales :

— Je suis malade, à cause de toi.

— Fais des analyses.

— Montre-moi tes résultats.

— Pourquoi on a fait ça comme ça ? On est fous !

— Tu espérais que je sois adulte et responsable ?

— Tu te comportes comme un enfant !

— Tu le fais toujours sans te protéger ?

— Tu ne fais jamais l'amour ?

— Tu baises avec qui ?

— Ton mari, il baise avec qui ?

— C'est pas mon mari !

— C'est pareil.

— Combien de fois ?

— Non, c'est quand je veux !

— Ne réclame rien.

— Encore !

— Viens, là tout de suite maintenant !

— Impossible ! Je ne peux pas, je ne suis pas seule.

— Impossible, je ne suis pas seul.

— Pas à l'hôtel.

— Pas dans une voiture.

— Pas chez moi.

— Pas chez toi.

— Oui comme ça !

— Et comme ça aussi.

— De toutes les façons.

— Encore une fois s'il te plaît !

— Mets une robe sexy !

— Trop tard, j'arrive, en jogging.

— N'importe comment.

— Vite, je te veux.

— Maintenant !

Nous étions deux enfants qui découvrent une boîte d'allumettes et se disent : « Tiens ! Et si on foutait le feu ! »

L'incendie nous a très vite dépassés.

9

Nous étions tous les deux tributaires de nos familles, chacun à notre façon, moi en tant que femme et mère, toi obéissant encore à quelques obligations de fils. Nos familles étaient nos chaînes au pied, nos garde-fous. Ces empêchements nous obligeaient à garder raison.

Il y a eu les vacances d'été qui nous renvoyaient chacun plus assidûment dans nos foyers, dans nos destinations lointaines.

Je t'ai écrit plus que jamais, le jour, la nuit. De peur que le lien ne s'étiole, j'ai voulu le tisser de mots, en faire une corde qui nous ligote l'un à l'autre. Et tu répondais chaque fois, le jour, la nuit.

Je m'endormais en te posant une question à vingt-trois heures, je lisais ta réponse à trois heures du matin… Tu étais là tout le temps. Je jubilais quand le point vert de ta présence s'éclairait en même temps que le mien sur le réseau qui abritait nos rencontres secrètes.

Je croyais en la magie de ces coïncidences. Cette magie les rendait légitimes.

Je me souviens d'une après-midi dans un musée quelque part dans le sud de l'Italie. Nous nous échangions des messages en direct. Je me cachais derrière une statue, je m'attardais dans une salle, je m'enfuyais vers les toilettes.

Par moment, je faisais semblant d'être là, d'apprécier la visite, de participer aux conversations de mes compagnons de voyage et pour cela je t'abandonnais quelques minutes et quand je revenais vers toi, si loin de moi, à des milliers de kilomètres de moi, sur cet écran dans ma poche, tu pestais en italien :

— Ma perché cazzo non rispondi[4] ?

Je me dépêchais d'obtempérer, le cœur envahi de bonheur. Non, ta colère, tes gros mots ne me fâchaient pas. Ils résonnaient en moi comme des « je t'aime ». Que tu me réclames, en trépignant d'impatience, était un gage de ton désir pour moi.

J'ai connu bien des hommes, père, fils, frère, élèves, chefs, collègues, amis, amants, amours… mais je crois bien que je n'ai jamais éprouvé autant d'indulgence et de patience avec aucun d'entre eux comme avec toi. Peut-être ai-je jugé que le handicap de mon âge m'obligeait à endurer tes caprices et tes colères. Que c'était bien la moindre des choses, le prix à payer ! Et ce prix ne m'a jamais pesé. Je l'ai accepté comme une dîme justement prélevée au débit de ce que j'avais à t'offrir et qui était déjà fané.

---

[4] « Mais pourquoi tu réponds pas putain ? »

L'été a été chaud entre nous, on se disait des mots crus, on se proposait des scénarios, on se caressait de loin, on s'attisait. J'ai fait l'amour avec toi des dizaines de fois. Il me suffisait de fermer les yeux, de ma main, d'une autre main, un autre homme… et soudain c'est toi qui étais là. Tu prenais tout l'espace, tu chavirais mon cœur, tu emplissais mon corps, tu rassasiais mon âme.

Cet été-là, je n'ai plus fait l'amour qu'avec toi, chaque jour. En douce, en rêve, en illusion. Il n'y avait plus que toi. J'ai menti, j'ai omis, j'ai joui.

On programmait un retour comme une urgence. Quoiqu'il en coûte, quelle que soit la distance, la dépense, le risque. Notre faim justifiait tous les moyens.

Une seule envie, foncer de mon corps à ton corps.

— Demain ?

— Pas possible.

— La semaine prochaine ?

— Trop loin !

— Demain alors, demain ! Vite !

Tu es venu.

Tu existais donc vraiment ! J'avais fini par faire de toi, mon fantasme. Tu te glissais sans bruit dans mes draps depuis des semaines, impalpable et brûlant.

Alors, goûter à nouveau ta chair, être enfin pénétrée de ton ardeur, respirer tes cheveux, masser tes jambes, tes pieds, m'offrir à tes mains, à ta bouche, m'ouvrir à ta puissance et jouir enfin sous les assauts acharnés de ton corps, c'était renaître à la vie, une vie palpitante et miraculeuse.

J'ai tellement aimé ces retrouvailles !

Je me souviens de ton visage devant la porte quand tu es reparti, tu as jeté un regard étonné dans le miroir, peut-être voulais tu vérifier que c'était bien toi, l'homme qui venait de faire ça, qui venait de prendre cette dose d'adrénaline qui te laissait encore tout ébouriffé. Tu t'es recoiffé et tu m'as dit :

— C'était intense.

— Oui c'était intense.

Tu m'as laissée, ébahie, chamboulée, ravie et honteuse d'éprouver tant de plaisir.

Le seul désir que tu n'aies pas comblé c'est celui de :

Recommencer.

Recommencer.

Recommencer.

10

Et puis tu m'as échappé à nouveau, comme toutes les fois.

Dans ta vie, c'était le chaos.

Diplôme en poche, tu croyais que la grande aventure pouvait enfin commencer. Tu parlais quatre langues, tu avais déjà géré une entreprise, tu étais capable de rendre folle de désir une femme exigeante et comblée, tu n'avais plus rien à prouver.

Mais le destin, par les revers qu'il impose parfois, parce que c'est le mauvais jour, qu'on a fait le mauvais choix, qu'on est tombé sur la mauvaise personne, venait te rappeler soudain que tout n'est pas si simple, que rien n'est définitivement gagné.

Tes blessures se sont remises à saigner. Tu fracassais tes phalanges contre des sacs de grain. Mais la douleur ne passait pas.

La vie, sûrement plus capricieuse que toi, t'a assigné à nouveau à ta chambre d'adolescent. Il a fallu réintégrer le domicile familial, attendre qu'une opportunité se présente. Tu rugissais comme un lion en cage. Tu faisais craquer les coutures de ce costume d'enfant devenu désormais trop étroit pour toi. Obéir au père, consoler la mère. Pas de travail, pas d'argent, un avenir trop incertain, pas d'amour honorable.

Loin de ton Italie natale, dans ce pays étranger qui ne voulait pas de toi, je t'ai entendu pleurer. Je t'ai vu chuter.

Et moi, j'avais les bras trop courts, rien à te promettre.

Tes messages se sont espacés. Et peu à peu, la réalité du temps qui m'était compté s'est à nouveau imposée à moi. Dans tes bras, même dans le rêve de tes bras, j'avais été capable de fuir, d'oublier. Je refusais ce retour à la fatalité. Je voulais croire que la parenthèse pouvait s'étirer, que j'avais encore de l'espoir à vivre, de l'amour à faire, du désir à brûler.

J'ai remarqué que tu demandais rarement de mes nouvelles, que tu n'avais pas peur pour moi. Tu me croyais solide. Je n'avais rien dit, je t'ai laissé croire que pour moi tout était simple, tracé, net, poli, attendu.

Soudain j'ai redouté de te perdre dans cet espace qui se creusait entre nous, dans ce temps qui finirait par nous échapper.

Alors j'ai eu l'idée du rapt.

11

Je voulais t'enlever ! Nous enlever à cette réalité trop étriquée pour nous deux.

Une parenthèse dans la parenthèse !

Il fallait fuir.

Je t'ai envoyé le billet d'avion, et j'ai espéré que tu serais aussi fou que moi.

Tu étais aussi fou que moi.

Nous nous sommes retrouvés sur cette île de la méditerranée. Ton île. Le berceau de tes gênes, la source de ta beauté. Un baiser salé entre occident et orient, le sirocco et le parfum des orangers.

Pour la première fois, nous étions libres, libres de nous attabler en terrasse, de marcher côte à côte, de nous croire seuls au monde, d'ignorer le regard des gens, libres de laisser planer le doute sur la nature de nos relations… Qui s'en souciait là-bas ? Je t'ai senti heureux de te sentir chez toi, de baigner dans ta langue, de dévorer des steaks à chaque repas, de fumer des cigarettes au soleil, de contempler la mer, de voir accoster les navires, de déguster une glace, de parler aux passants, de t'asseoir sur un banc et de vivre de l'air du temps.

Je t'ai porté au creux de moi comme un objet précieux prêt à se fendre au moindre choc. Je n'ai pas osé frôler tes doigts, prendre ton bras. Même quand le petit bateau sur lequel nous avions embarqué pour une balade sans but se mettait à tanguer au milieu des vagues, je n'ai pas osé m'appuyer contre ton épaule, déposer un baiser dans ton cou. Je n'ai pas réclamé ta main dans la mienne, je ne t'ai pas invité dans la chaleur de mon lit. Je craignais tant que tu repousses ces gestes que je ne les ai pas faits.

Je ne voulais rien t'imposer, j'espérais juste que toi, tu oserais me prendre.

Tu as réclamé mes caresses.

Une fois, juste une fois.

Nous avons fait l'amour, comme par inadvertance, comme si personne ne l'avait prévu, comme un mot d'excuse à nos devoirs, comme un péché qu'on commet par mégarde.

J'ai eu très peur soudain que ce soit la dernière fois. Il faudrait bien un point final à tout ça. Je me suis esquivée juste après cette étreinte furtive, presque inachevée, en pensant que si ce n'était pas la plus belle fois, la plus longue fois, la plus excitante fois, ce ne serait peut-être pas la dernière.

J'en ai pleuré plus tard dans la soirée, au moment où tu déchaînais tes colères, tes colères d'après l'amour... c'était comme si tu t'en voulais de t'être laissé aller à mes mains, à mon désir, à ton désir, à nos tendresses.

Je ne voulais pas que notre dernière fois ressemble à cette rage.

J'ai si souvent pleuré par toi.

J'ai fini le voyage en larmes, car cela ressemblait trop à un crépuscule.

Avant de partir je t'ai offert ce bijou en forme de boussole repéré dans une vitrine, un médaillon à pendre à ton cou qui indique le nord, le sud, pour ne jamais te perdre et me laisser espérer que la direction indiquée, un jour peut-être, te ramènerait vers moi.

La vendeuse de la boutique, où je m'étais rendue seule, m'a dit :

— Ah ! C'est pour le jeune homme de tout à l'heure, je vous ai vus ensemble. Vous êtes un très beau couple.

J'ai répondu, l'air désolé, comme pour m'en excuser :

— Nous ne sommes pas un couple !

Elle a paru étonnée.

Et j'ai encore eu envie de pleurer.

La remarque de cette femme était comme une issue possible, une réalité palpable puisque pour la première fois elle était prononcée à haute voix par une bouche innocente. Mais cette phrase me propulsait contre l'évidence que jamais nous ne pourrions y accéder. Elle me mettait face à ce renoncement, elle m'obligeait à le contempler, à le formuler :

— Nous ne sommes pas un couple !

12

Pendant ce voyage, il y eut une soirée, un évènement particulier qui m'a fait pourtant entrevoir notre couple, le laissant affleurer.

Nous étions assis sur une place de la vieille ville à la terrasse bondée d'un restaurant.

Comme un couple parmi les couples.

Pendant quelques instants, c'était comme si j'avais vingt ans et que tu étais mon fiancé. Je n'avais plus de rides, plus d'enfants, plus d'autre homme à aimer, plus de vie ailleurs que sur cette place, sous ces réverbères, au milieu de ces visages inconnus, dans la douceur de la nuit. Tu as toujours eu la politesse de ne pas regarder les jolies filles de ton âge en ma présence, ou bien si tu l'as fait, tu as su être suffisamment discret pour que je n'en sois jamais offensée.

L'instant était parfait. Mais comme à chaque fois que le bonheur se permet d'entrer sans que tu l'aies vu venir, tu as dégainé ton cynisme et tu as tiré.

Il y avait un vieil anglais chauve et guindé à la table à côté face à sa femme élégante, cheveux blancs bien brushés.

Tu as souri, l'air mauvais, comme tu le fais quand tu veux tout gâcher parce que tu crois que le bonheur, ce n'est pas fait pour toi :

— On dirait toi et ton mec quand vous serez vieux.

Au cas où je l'avais oublié, ma vie était ailleurs et d'après toi mon couple ressemblerait un jour prochain à ces deux vieux-là et ce serait sans toi !

Si j'avais l'audace de m'imaginer autre chose dans le romantisme sucré de cette soirée, toi, tu veillais et tu m'assénais ce petit coup de règle sur le bout des doigts.

Ce que tu ne savais pas c'est que je ne deviendrais peut-être jamais aussi vieille que ces deux-là.

J'ai répondu, acide :

— Sûrement.

Et on a commandé. Tu as allumé une cigarette.

Est-ce ton cynisme, les quelques mots en français, ton regard arrogant, notre beauté à tous les deux dans le miroir inversé d'une jeunesse envolée ou simplement la fumée de ta cigarette ? Le vieux s'est mis à t'invectiver. Il voulait que tu changes de table, notre présence lui était insupportable. J'ai suggéré qu'on s'éloigne. Tu as refusé, tu as tenu bon. Tu avais droit à ta place, tu n'avais pas à obtempérer. Et tu avais raison. Je t'ai trouvé fort et courageux. Tu fumais à l'écart pour ne pas déranger, mais tu n'as pas bronché.

Le vieux s'est levé, hurlant sa colère. Sa femme affolée s'est dépêchée d'aller payer pour fuir. Toi tu restais de marbre. Impassible, froid, maîtrisé.

Excité par ton calme le vieux a jeté un verre d'eau dans ta direction, éclaboussant ta chemise, il a empoigné une bouteille. Il voulait en découdre, montrer qui était le mâle dominant. Il se croyait encore maître d'un pouvoir de vieux colon blanc dans les bas-fonds de cette île échouée aux confins de l'Afrique.

Tu t'es levé, comme un félin prêt à bondir, tes muscles bandés, ton regard acéré, mais sage comme un dieu de l'Olympe. Tu as juste montré ton corps, ta puissance potentielle comme une arme atomique qu'il serait fou de déclencher. Pendant les quelques minutes de ce duel que tu voulais sans heurts et sans fureur, ce duel que tu étais en train de gagner, par ta simple présence sublime, je t'ai regardé, je t'ai admiré. Je t'ai aimé.

Le vieil anglais ne t'a pas entraîné dans son piège. Il a filé retrouver sa femme, morte de honte, dans l'obscurité d'une ruelle.

Pendant que tu étais parti sécher ta chemise, quelques témoins de l'évènement sur la place venaient m'assurer de leur soutien et me complimenter sur ta bravoure et ta retenue, ton élégance et ton intelligence. Je me suis sentie si fière que tous ces gens s'imaginent que nous étions un couple et que j'avais de la chance d'être ta femme autant qu'ils plaignaient la vieille Anglaise du fardeau de son conjoint.

— Sei stato bravo[5] !

---

[5] Tu as été brave !

Quelques femmes, en passant, te susurraient ces mots-là, caressant ton épaule.

Mais ce soir-là, tu n'étais qu'à moi.

13

Le matin du départ, j'ai craqué. Je ne sais pas si c'était la crainte de ne plus te revoir, l'envie d'en finir avec ce qui était en train de prendre trop de place dans mon cœur, ou simplement le besoin de te le dire, pour que tu saches et qu'on arrête de rire.

— Je vais mourir.

Je préférais cette certitude de mourir à une date inconnue plutôt que d'oser aller cueillir la noisette en prenant le risque d'en finir à une date cochée sur le calendrier. Comment choisit-on la saison de sa mort ?

Ne pas opérer, laisser la fin arriver et me prendre au dépourvu.

J'étais dans le déni. Je n'avais parlé à personne. Faire comme si le drame n'existait pas, c'était ma façon de l'éviter.

C'est au moment où je te l'ai annoncé que j'avais le plus envie de vivre. J'aurais voulu vivre dans ta chaleur, dans l'abîme de ton regard, dans la vigueur de tes bras, avec ton souffle contre mon oreille, comme le jour où la caresse habile de tes doigts faisait crépiter mon corps. Quand tu m'as dit :

— Je l'entends que tu aimes...

Nous roulions vers l'aéroport.

Tu étais près de moi dans la voiture. Tu te moquais de ma conduite, tu faisais semblant de craindre le pire. Le crash. Le pire était déjà là, dans ma tête.

Crash

Tu venais d'aller boire un café, seul. Je n'avais pas voulu t'accompagner pour pouvoir pleurer en cachette. Je voulais tellement plus qu'un dernier café. Je te voulais encore, ailleurs autrement, souvent et j'allais inévitablement te perdre !

Refuser ce dernier café, c'était comme refuser de te dire adieu.

— Je vais mourir. J'ai dit.

Il me semblait même que sans cette bombe sous mon crâne, je pourrais mourir de plus rien avoir à vivre avec toi.

Cette petite phrase n'a presque pas fait de bruit au milieu de la circulation, du chaos de la ville.

Pourtant j'ai senti le choc dans ton ventre. J'ai senti comme un effondrement. C'est moi qui allais mourir et c'est toi qui t'effondrais, impuissant, désarmé.

Nous avons passé nos derniers instants dans l'aéroport. Entre nous s'était installée une complicité pudique et tendre comme un matin désolé après une tempête.

Je t'avais confié le pire, alors t'avouer l'inavouable, l'interdit, ce que tu ne voulais pas entendre, cela ne me coûtait plus rien.

Parce que tu en doutais ?

Évidemment :

— Ti amo.

Je sais que ça ne sert à rien, que ça ne change rien. Je ne te réclame pas de m'aimer en retour. L'amour ne se décide pas, ne s'accepte pas, ne se refuse pas. Il est là. C'est tout.

Dans le labyrinthe incompréhensible de ta vie, tu me fuis, tu reviens, tu m'exclus, tu me retiens. Mais tu n'as pas encore lâché ma main.

Je te répète que tu me manques, que je ne suis pas rassasiée de toi, tu me réponds :

— …

Mais qu'est-ce que cela signifie en italien ?

14

En robe blanche, frémissante d'espoir,
fidèle et sage, accrochée à ton bras, ce
ne sera pas moi.

Le ventre rond sur une vie nouvelle qui
portera ton nom, ce ne sera pas moi.

La main dans la tienne jusqu'au bout du
chemin, ce ne sera pas moi.

Mais ce souvenir fou qui parle italien
dans le creux de l'oreille et qui foudroie
le cœur jusqu'à la nuit des temps,

Ce sera nous.

« Je t'envoie, comme un papillon

à une étoile, quelques mots d'amour... »